吃土豆的人

chih
tu dou
de ren

李繼開｜第四號詩集｜

2

光陰詠歎調

序李繼開《吃土豆的人》

焦桐

李繼開大部分時間，用繪畫的眼睛在觀看世界，形諸文字，乃飽滿畫面感。

尤擅於寫景，諸如〈白沙〉寫風：「窗外是搖搖晃晃的風／風像河一樣盡是涼的／風像河一樣流走千里」。〈冬天裡的事情〉寫田埂上的一株幼小的蠟梅：「水田面上薄如／玻璃的一層冰／冰上冒了一層白氣／我循香而來／想拔出梅樹」。〈屋外〉寫楊樹：「高大的樹上／肥胖喜鵲跳躍／秋天的日光一下子奔湧進屋內」，最後一句，幽邃了景深。〈路過山西〉也是，我們正憂慮詩路走到盡頭時，轉折處，忽然出現意想不到的風景。

意象是詩的基礎。詩的意象，有一定的思想內容和審美意義，是一幅幅生動具體的圖畫。因此，詩的描寫最好使用具體事物，使用形象語言；比較不適合使用概念性的、抽象的語言。形象的語言生動而有趣，抽象的語言乾巴巴，味同嚼蠟。很多俚俗語使用形象語就顯得生動活潑，充滿趣味性，充滿生活味，隨便舉例：「滾石不生笞」、「偷雞不著蝕把米」、「土雞仔卡早 chzer」（台語）、「西瓜偎大邊的」、「歹竹出好筍」。

他善於用聲音強化意象，如〈枯井〉描述往一口枯井擲石子，竟傳來「歎氣的回音」，又說「聲音就是乾枯搖擺的草」，令那回音有了暗示，令回音一直迴響，訴說著故事。

又如〈胭脂路〉敘述夜宿武漢，大雨滂沱，如何擊打陽臺、下水道、花，詞鋒一轉：「那些夢裡面灌入頭腦裡的雨水／醒來後在耳朵裡迴旋／怎麼也倒不出來」，現實中灌入腦海裡的自然不會是雨水，是雨聲；然則在這裡，大雨就成了隱喻，豐富、曲折了胭脂路的故事。

他的詩生活味濃厚，豆花飯、清水牛肉、麻將、紙牌、睡覺、藥丸……俯拾皆是日常生活的元素。這些元素成為符碼，常用來關懷小人物，描繪社會底層的生活，栩栩如在眼前。〈十年〉就足堪作為意象教學的示範：

5

樓外有一片樹葉落了下來
地面有一萬片葉子
在一幢房子裡面
一個窗戶對應著一個房間
一個房間對應著一扇門
一扇門對應著一把鑰匙
鑰匙也許
在對應著一種過時的習慣
而空間裡的黑色
對應了過去十年餘下的空空
那個從小就是孤兒的賣光碟女店主
那個深夜洗車的阿婆

那個清瘦的有著小孩兒的宅急送司機
那個逗毛毛的看門老頭
那個幫忙鑽孔的五金店胖老闆
還有許多消失的陌生人
都是我這十年裡真實的故鄉

李繼開在自序中說：「過去像掉在地上的果凍一樣躲在一些灰塵角落裡」。灰燼，常被他用來形容生命歷程，灰燼易隨風飄散，詠歎的乃是光陰；光陰可謂這本詩集的母題（motif）。〈蟬蛻與灰燼〉：「一生如快速翻動的書頁／一年如一條道路／從田野延伸到天邊／想起某人就得到安寧」，接著說：

腳下一枚蟬蛻
秋天的風吹它到了水泥路上
空空地滾動
它想去的地方
追隨它夏天的主人
風就是
仍駐足在殼內的自由靈魂

「空空」意謂蟬蛻後的空殼，自然也是狀聲詞。蟬殼隨風吹，本來沒有什麼聲音，卻被這個狀聲詞放大了聲響，令人吃驚。

〈細水〉描繪時光，喻為細水：「家俱變老　花瓶彎腰／鏡子慢慢黯淡／灰塵飛行沉重　啞聲咳嗽／窗簾變矮／光線變得更長」；接著話題轉向歪在架上的書，閉了嘴，「每一頁紙張脆弱／臉上泛黃／我的顏料滲出油來／結了痂／這人世間的事情　一塊一塊的琥珀　閃著光／那些鉛筆毛筆鋼筆油畫筆」。他的想像常出人意表，充沛，流暢，詭麗：

空氣從門縫下走過來走過去
影子握著自己的手
數日子
爸爸　媽媽　姑姑　舅舅

和一些他們的朋友

年紀輕輕

都關在照片裡面

古往今來，光陰堪稱是文學永恆的主題。流水，大概是最常被使用的喻詞了，既使如此，李繼開還是別出心裁：「時光是上漲的水」。也說「時間是一堵牆」。

世人歎惜時光之易逝，多像孔老夫子在川上的感喟那麼沈重，〈糧道街〉的就相對節制：「咿咿呀呀　糧道街上白臉唱戲／從前城門有古廟／現在我們的糧食在冰箱裡／一百年　風吹過那麼輕淡」。再如〈青煙〉，從一縷蜿蜒升起的青煙起與，「這滿屋的東西／過期　忘記　老　變質／紙片零零散散字還認得　就像認識的臉」，詩句到了這裡，引出許多線索，過往的韶光，如縷的掌故，供讀者想像。

李繼開的藝術時間感很強，〈隨葬〉如此開始：「一塊千百年的石頭／一堆億萬年的土／一個兩三百歲的木頭雕像／總是有人曾經拜過它／我怎麼感覺自己／成為了一歲一枯榮的草本植物」。此外，諸如〈故鄉〉緬懷時光，幾乎成為一種鄉愁；〈皇陵公園〉厚重的歷史感；〈白浪〉以浪花泡沫形容青春少年；〈今天〉歎韶光之易老「不過一首曲子的時間」；〈故居〉喻光陰如風翻閱書頁；以〈骷髏〉敘述完整的人生；〈老身體〉迎接老化……。

〈一生〉開頭三句：「等米飯吃夠了／我也就老了／我的牙不像粘在口角的米粒一樣多」，發展到最後那幾句，喻詞一再變化，並使用了擬人化手法：「床是皺紋起伏的江河湖海／被子是我南方的丘陵／我的身體是翻山越嶺的風箏／我的身體是一大塊陸地／海水經年沖刷／一點點帶走我身體／然後記憶自己走出來／像一隻出洞的老松鼠那麼自然地張望」。這種技法繼承了達達主義（Dada）的美學精神，揉合潛意識、夢、經驗的超現實語境，精采描寫了心靈活動。

詠歎時光，往往又能給出孤獨感，「一個天生的孤魂在遊渡一條河」，頗見念天地悠悠之慨。

我很欣賞他的蒙太奇（montage）技法運用得自然，流暢，令場景的轉換顯得很貼切，且往往出人意表，有效表現出歧義性，

涙水從指間流出
你捂住臉
像是要睡去
山泉從石頭縫隙中流出
水滴總是下墜

這是一種顧左右而言他的語言藝術，尤其是詩獨特的敘述

手段，明明在講人世間很多事不斷地錯過，卻好像無意間帶到有人在飲泣，又彷彿不經意讓我們看到山泉滴自石隙，從淚水到山泉，高度節制了情感。

情感，最耐人尋味的是深刻。高明的詩人會盡量讓情感深刻、不膚淺，即使碰到多麼了不起的事件，也要避免呼天搶地，盡可能地，讓快要爆發出來的感情內斂、再內斂，愈強烈的感情愈故意去輕描淡寫。

輕淡（lightness）是一種雲淡風輕的描寫藝術，是一種深思熟慮的輕，而不是輕舉妄動的輕。經過嚴密思考的輕，會讓輕舉妄動顯得愚蠢、沈重。

米蘭·昆德拉在他的小說《生命中不可承受之輕》其實是對生活中沒辦法躲避的沈重，表現一種苦澀的認同。這不僅僅是他的祖國捷克所遭受的壓迫、苦難，也是所有人類的處境、命運。對昆德拉來講，生活的沈重主要來自於威權的壓迫，他的小說告訴我們，我們在生活中所珍重的輕快，可能在轉瞬之間變成令人無法忍受的沈重的真面目，這時候，只有憑藉靈活的智慧才能逃避了。

為了避免人性被沈重所奴役，李繼開的意思一定不是要我們逃到另一個空間，逃到夢裡；而是要我們改變方法，從另一個不同的角度來看待這個世界，用一種不同的邏輯來認知、檢驗我們的遭遇。

15

自序

去年，我回了一次我小時候住的地方，不知那裡算不算我的故鄉。

從前，我在一九八五年的山溝，有時下雨，水滿稻田，雨水從整塊的大青石滑下，匯入溪流。溪流裡有蝦，石塊下有密集的幼蟹。雨下得大了，小溪暴漲，水流自顧奔向遠處；而通過池塘、通過竹林、通過蘆葦灘、最遠處顏色淡淡的就是長江了。夏天裡槐花盛開，走在渠上，大口去吃那槐花，仔細看時，花裡面會有許多細小的蟲子。天空很高，喊叫一聲，麻雀亂飛。我熟悉那小溪的每一個拐彎，往往不知覺會跟著它走向了遠處，那遠處就是一個又一個的魚塘，有的是圓形，有的是方形的。一路有胡豆、豌豆、牛皮菜。還有鋒芒的麥子，和殷紅的野果子。

那時我不過十歲，未想到過未來會行進到今天，這中間天空下了多少次雨，風吹了又吹，自然到了物不是人也非的地步。每個人都有一條人生的路途，每個人都有一個自己出發的地方。我來到這裡，便知道了那些可愛的荒地不再，只有枯草偶爾出現如故人。無論是荒地還是城裡，那些野草都只一秋便走完了一世，只留種子。這種輪迴真是一種具體而實在的快，快得讓人健忘。就像現在，若不是無聊中留心到幾隻偶然經過嚶嚶叫的蚊子，若不是將黑未黑的天空灑下的幾滴水珠，若不是穿堂的風忽然帶來了真切的冷意，我又如何能夠細察這些時時被自己忽略的存在。

現在這四下裡都在建設，都是工地、大馬路。溪流斷了，稻田成了這麼樣一大坨水泥，螃蟹絕種了，這就是這幾十年的事情。從前的每一年裡，梧桐樹辟裡叭啦掉紫色帶粉的花，芭蕉樹幹裡裝滿了水。竹林一大片一大片的，走在裡面像一個個空暗的房間，在那裡一隻驚惶的大鳥撞進我懷裡；來到打穀場，我還看見過一大群各式的鳥在那裡聚餐。好些地變成莊稼地，後來又變成荒地，蕪了下去。有時土地會被農民翻開，壘上石塊，另闢他用了。有的變成一條小路，那路通向一座小山坡，最高處是一株高大的黃桷樹。挑擔子的人路過會歇息在那下面，喝著隨身帶的茶水。翻過小坡，視野開闊得讓人想變成一隻鴿子，尖嘯著盤旋著向廣闊空間俯身沖去，向著那未來的路。

金龜子可以飛很遠，尤其是在山坡另外一邊的那片柑林中，這些大腹便便的浪蕩子們，享受著每一個夏天裡多汁的樹幹。天悶熱時，虎皮蜻蜓和紅蜻蜓如急飛的直升飛機掠過，讓人讚歎這造物的精緻。用腳踹過草地，蚱蜢有力的四處跳起，有時是一隻碩大的蝗蟲，飛起時聲音巨大，翅膀舞得如一團煙火。那是一個多麼誠實絢麗的世界。

那些時候，每天有人挑著鐵桶子，裡面裝了鮮牛奶，用一個搪瓷杯子，以杯論賣；有時會有人扛一鐵炮來爆米花；小學校門口有一些土製零食，上班時間街上就沒有什麼人。

等大喇叭一叫，工廠裡的人都出來齊奔食堂去了。單位的廣播聲音前後不一的迴盪在小山谷裡。從我家的小坡望遠去，那座小山頗像一尊臥佛。

放學後，學校走廊裡一下子冷清了，教室總是明亮的，人都散去後，走廊就變得更寬大了。空空蕩蕩的房間裡彷彿同學們都在，只是在他們中的那個我隱身其中了。只有十歲的小孩不擔心自己無所事事，每一分鐘都在為自己而活，可以去看見細微的灰塵，可以感受同樣冷清的操場。離人世間的悲苦還很遙遠，沉靜的觀察讓所有細節慢慢都不自主地放大了。如果一個成年人慢吞吞閒逛，難免讓人覺得這是一個不得志的失意者。而一個十歲的男孩，天經地義的在四下遊蕩。小孩子的鼻子眼睛嘴巴手腳，都是那麼新鮮，而自己不知覺。不知道自己將涉足人生的長河，那將是每一秒都在向下流的水，不回頭地向更低處去了；小孩子們只知道在課堂裡單調背誦著「黃河之水天上來」，然後很多的幻想加雜著一些故事，頭腦裡面的混沌使得兒童黑黑的頭髮一直長出來，剪了又長出來。

在我家下山坡的路上有一斜徑，樹木蔥郁。裡面有幾個墳，墓碑都已風蝕，碑刻字跡漬漫不清，一碰石頭就掉皮掉渣。這裡多是這種紫紅砂岩，石頭久了就變成了土所以土也是紅色的。墓穴有些地方已塌，下面流出不知來源的一小股水流，不知去向的低處流去。辨認著墓碑上的字，所葬的應是清末民初的當地鄉紳，這裡曾經的主人。

從前雖然清貧簡單，但並不破敗。那時的青年人也雨打風
吹去，只是印象裡很多人都曾經美好過。也許他們自己並
不覺得，有些人早已夭折，有些人風光油亮，有些人守著
家庭步入晚年。新的一代又一代也不斷生長著，同地裡面
的菜一樣。

這一年又一年的又到了頭，冬天陰冷，有時豔陽天，樹木
乾枯。現在我身處的院內安靜。少有經過的人，而外面街
頭人又太多。過去像掉在地上的果凍一樣躲在一些灰塵角
落裡，回憶每一個我的十年，在現在的畫室裡，不知道還
有多少顏料和筆是十年前用的。黑夜裡池塘映著白雲，我
一刀一刀削著鉛筆，想起了你，直到一排排筆尖刺一般如
針鋒。

李繼開

2015.5.15

24

目錄

31

在床上反復跳擊
如菜市場的魚
潔白而且
癢
卻不知它來自何方
仿佛在找地圖上
一個忘記名字的地方
松針搖擺
那和煦的風啊

有些詞語　特指天上白雲
還有這天底下
我看到的一切事物

過生活去吧
我們只有一個結果
相應這結果的
也只有一種過程
比如今天的糧食是土豆
我們就應該從土裡拔出身來
蚊子是懸崖間的飛鷹
在穿過劃燃的一根火柴
我是燈盡油枯前
投射在土牆上的巨大黑影
我是等待吃掉最後一顆土豆的人

細水

si shuei

這是一個像黃昏一樣的清晨
光線黯淡柔和
彷彿時間不多了
就想好好記住今天
昨天 前天 再往前

細水也有源頭
滴滴答答
而日子相同
什麼也記不住
屋子裡的東西都關在了屋子裡
讓我畫過的這些畫成為老畫
家俱變老　花瓶彎腰

鏡子慢慢黯淡
灰塵飛行沉重　啞聲咳嗽
窗簾變矮
光線變得更長

讓書本在架子上歪著
先後閉上了嘴然後
每一頁紙張脆弱
臉上泛黃
我的顏料滲出油來
結了痂
這人世間的事情　一塊一塊的琥珀　閃著光
那些鉛筆毛筆鋼筆油畫筆

和一支啞聲的琴　擺放在一起
誰都可以聞得出
氣味變成了老氣味
空氣從門縫下走過來走過去
影子握著自己的手
數日子
爸爸　媽媽　姑姑　舅舅
和一些他們的朋友
年紀輕輕
都關在照片裡面

樓房如同山巒
房間就是我的村莊

我的房間有兩個窗戶
灰塵跟隨
光線從這邊灑過來
從那邊走出去
房間裡緩慢纖細的氣流
是細水在渦漩著走出這個房間

白夜裡的盲孩子

bai ye li de mang hai zi

路上石頭手拉著手
都結了藤蔓
都在看看自己影子
遠處的荒涼村莊
白色房子眨眼睛
誰說夜晚就是黑的
關上窗戶裡面會更黑
風會慌張
從它來的上一個地方到這兒
以更大聲音的降落
齊腰的枯草舉著旗子等火來燒
盲孩子心裡白茫茫一片
撫摸什麼也摸不出這地球的圓

天沒亮 就在夜裡也可以看到的一切
彷佛是閉眼就可以回到一種過去
賣早點的人推著
包子 饅頭 油條 大餅
夏天都冷了
城牆外的田地裡
你是那粒沒有收乾淨的麥粒
你是得到祝福而發芽的種子
天完全黑 完全停電
城門有沒有都再也關不上
護城河裡游泳的人
潛水就回到了一種過去
我們只需要到過那兒

去過安穩日子
變胖就是惜福
忽然醒來
今天不是今天
來到這人世就應該學會寫字
老啦　就應該朽了
泥巴裡有花有草有露水和蟲
黑頭髮刷刷地把你身體淹沒
齊耳　齊肩　齊腰
嘩啦啦地笑這個作繭自縛的盲孩子

41

雨水

yu shui

冰融在了水裡
水杯又結了冰
空氣消失在藍天
看不見的魂魄在追趕雨水
一個故事從沒有到有
到沒有
不妨礙夏日花朵正豔

一路過眼皆繁花
下一場雨何時降落
何時池塘會盛滿了水
何時花朵會撒手人寰
讓恰如青草的離恨一路瘋長

雨聲如蟲吃草葉
窸窸不停
一株草在此時晶瑩地存活
一場雨勻稱地灑在漆黑山谷
雨水來到我的居所
像是為了探望我
以及這一堂洞穴的靜物

錯過

cu guo

事情總是會被錯過
樹葉總是在一夜之間掉落下來
卵石在一千年裡
消無聲息地變圓
這些都是你我不知道的事

當錯過的已經被錯過
來自未來的尚未相遇
你在藥店開始傷心
傷心並且無聲飲泣

淚水從指間流出
你捂住臉

像是要睡去
山泉從石頭縫隙中流出
水滴總是下墜
直至墜無可墜
事情重複了
並且也被忘記了

你空洞地望著白牆
牆回應以它的潔白
一些透過房間的光在你我之間
相互望著之間空洞的未來
陽光就是一種時間刻度
不多也不少

如同牆面的潔白　深遠
而又近在眼前

又能怎麼樣呢
錯過了潔白的牆
錯過光
錯過墜無可墜的眼淚
然後沉默的卵石繼續
在未來的一千年裡
消無聲息地變圓

49

芒種

mang zong

今日芒種
又到一輪新時節
人活在世間己久
就無聊了
步入米倉
便看見了浩瀚的米海
糧食如沙漠一樣起伏
一滴雨水是一秒鐘
一個月是一條小河
我站立江邊望海
那一去不復還的水啊
從天上跌落地下
總是有新苗如初

下雨了
江面迷散

一粒米是一天
一生就是手捧滿滿
同時不斷掉落的米粒

武漢（一）

糧道街

liang dao jie

咿咿呀呀 糧道街上白臉唱戲
從前城門有古廟
現在我們的糧食在冰箱裡
一百年 風吹過那麼輕淡

糧食在一百年前就被埋了
深夜裡水泥大街下是石板路
石板裂縫裡是古舊的大米
吃著土

武漢（二）

泰興裡

tai xing li

樹蔭全是藍綠藍綠的
這幾天大雨
泰興裡
泡爛牆皮
透明大蝦游泳
不想上班　可是照舊

暈　也不要緊
弄堂更窄了
好多水在頭頂上
樹葉波浪流
外面的街道在退後
老房子總在落灰

人們定期做清潔
一年經得起幾次擦拭
就過去了

武漢（三）

胭脂路

yan zhi lu

這裡各色各樣的花布鋪子
傳說從前山上流淌胭脂
胭脂路裡
碎花布 碎布頭 破紙頭
旁邊長江不斷地流
昨夜 下雨拍打陽臺和下水道
水流過了晚上盛開的花
劈裡啪啦
像一群遠遠近近的小人兒在跺腳
剪子 針眼兒 扣子
在吱吱呀呀叫喚
那些夢裡面灌入頭腦裡的雨水
醒來後在耳朵裡迴旋

怎麼也倒不出來

青煙

qing yan

一縷青煙蜿蜒升起
從煤油燈芯裡離家出走的人
越來越細長　越來越淡

一手拿針
一手拿魚
父母把魚鱗粘在手掌
撫摸在孩子光滑的脊背上
揭鱗片的哪吒
想把身體還給父親

河山　江湖　季節
還有舊摺扇裡畫出的映月
那淡淡的墨色青青

這滿屋的東西

過期 忘記 老 變質

紙片零零散散字還認得 就像認識的臉

有三十年了吧

日頭亮了又黑

雨水一次又一次落

青煙綿長

用藕和蓮花擺放成一個娃娃

枯井

ku jing

沒有水的井只是一個深洞
往裡面投石子會有響聲
更不用說一些歎氣的回音
地面傳過去的聲音迴旋
聲音就是乾枯搖擺的草

下雨後　枯井裡盛了一些淚水
事物的內部如此深邃
如此明明白白而又不可知
深深挖個洞
把水埋進去
月光下
水滲掉了

是事情深深進入了心裡
探頭去看時沒有蹤跡

又何必說出聲音來
清晰的一閃念就足夠了
就算沒有了水
枯井也還是一口井
一個念想勝過了如傾巢而出
螞蟻一樣的文字

29

十年

shi nian

我們都不發一言
樓外有一片樹葉落了下來
地面有一萬片葉子
在一幢房子裡面
一個窗戶對應著一個房間
一個房間對應著一扇門
一扇門對應著一把鑰匙
鑰匙也許
在對應著一種過時的習慣
而空間裡的黑色
對應了過去十年餘下的空空
那個從小就是孤兒的賣光碟女店主
那個深夜洗車的阿婆

那個清瘦的有著小孩兒的宅急送司機
那個逗毛毛的看門老頭
那個幫忙鑽孔的五金店胖老闆
還有許多消失的陌生人
都是我這十年裡真實的故鄉

夏天一日

jia tian yi ri

他坐在靠窗的一張板凳上
想不出來什麼頭緒
窗外可見烈日炎炎中山下的長江
緩慢而龐大地像蠕蟲一般移動
一些貨輪發出沉悶又悠長的聲音
陽光把一切都曬得褪了顏色
包括近在窗前的樹木和長江對岸的工廠
錯落的風吹過來，窗簾動了起來
在此時此地
父親在度過老年
再平凡的日子
也會讓他生長或讓他停止生長
而他還年輕

在度過二十八歲的夏天一日

白沙
bai sha

〈一〉

車子在倒車子快速在倒
在河灘上河裡有白沙
前後左右看看

總之我們的方向應該向前
但汽車一直飛快倒退行駛
預期的撞擊快要來到
人們好像在黑暗的電影院裡等待
我緩慢地看見經過了厚實的城門
那城牆頭圓乎乎的長了些草

走著走著天就黑了
得去找一個地方歇了

水裡都掉墨了
車徑直倒進好幾層樓的木架子
看見些字

豆花飯　清水牛肉
這裡不是城裡這裡不是鄉下
我們得坐下然後腳邊盡是沙
車窗外繼續放倒帶的電影繼續放
我只是想吃只是想吃

吱歪歪的樓梯下幾步遇到熟人
牛肉在清水裡熟了沒用一點油
有人在打麻將有人打紙牌
有人開始打架天黑了就是這樣
吃飽了真好我要找地方睡覺

小孩子還小
坐車坐久了可不好

71

〈二〉

人說要一個穩穩的木桌寫字
而不是經年東倒西歪的身體
手指捏著圓圓的藥丸隔著空氣
頭髮長了就算是夜往下淌
去吧去把指甲剪短
短得不能再短不斷忘記事情
黑的屋子裡上一分鐘已經在溜跑
窗外是搖搖晃晃的風
風像河一樣盡是涼的
風像河一樣流走千里

天下雨了細細的雨水
手指癢了怎麼辨左右撓撓
落枕了偏偏有人背後叫你
回頭多困難啊

像在白沙裡跋行般地緩慢
小孩子　我想看著你長大
這樣多的日子在我身體裡疊加
半個世紀轉眼就到了跟前

74

夜走涼霧

ye zou liang wu

直到天完全黑
山群都在天上
經過涼霧　冷水　沙子
千野草場
這些名字讓人以為
我正在淌一條清涼的河
水在水的下方流過
天是完全黑下來了
群山壓迫
巨人身軀　連綿沉睡
起伏呼吸
山間偶爾有燈火一二
如向過客送行的螢火蟲

夜車　趕路　無聲
我是那只大山裡持續爬行的蟲子
路過一條又一條長長的隧洞
失神在迷散的霧裡
途中還有一站叫大歇
在這裡加了油並且休息
汽車趴著
吐出一口白氣

發臭的顏料

fa chou de yan liao

我用發臭的顏料作畫
顏色鮮豔　灰暗　厚重　稀薄
不知香臭的
色彩覆蓋著色彩
我知道
每個人總有一天都會臭掉
每個人像郵戳一樣經過白紙
這個世界在反復留下印記
甘苦自知的廣闊藍天，河流，大陸
遭遇多少被遺忘的言語

這樣的現實更像是一種抒發
而我從來不詛咒什麼

有時候發出呼吸一樣的歎息
仿佛是一個五彩斑斕的肥皂泡
轉動著敗壞的顏色
快樂地融化在空氣裡

烏魚

wu yu

我看到水裡面一條烏魚
有雲豹一樣的花紋
懸浮如一根朽木
我是一個夏天的過客
我在用大石頭叩開它的家門
烏魚丟棄房子轉身就離開
離開永遠就不回來
空虛之樓貧窮的打工者
魂靈就立在原地上方的空氣
這多像一場夢
像平行於今生今世的另外一個我
唉
這如何是好

這鋪天蓋地的惡竹
這盛夏的荒園和池塘

冬天裡的事情

dong tian li de shi qing

那個冬天很冷
不過
南方冬天再冷
又能冷到哪兒去
我在一堆燃燒的鐵花旁邊
看看桔黃的火在跳
那是危險的一大堆鐵
工人們在旁邊看著笑
放學路上的我
如此孤單　如此無所事事
自己只是在假裝
幹些什麼
或者說整個地球都在假裝

轉動所以我們的時間過去
鐵燒盡了　鐵冷卻了
同樣是那個冬天
我現在還記得的事情之二
是田埂上一株幼小的蠟梅
水田面上薄如
玻璃的一層冰
冰上冒了一層白氣
我循香而來
想拔出梅樹
黃昏裡細雨落下
我毀掉了梅花
空著手踏入歸途

那年我睡在床上 而外面在下雨

na nian wo shui zai chuang shang, er wai mian zai xia yu

看 這多像你
你指著它對我說
指向的是一個物體
也許是一隻家畜
也許是一片風景
我就站在原地
看著你

這個世界永遠
彼此不會瞭解
你和他們
不會達成和解
清晨的迷霧

深夜的迷霧
掩住了一切眼睛裡的風景
植物在夜晚喝水
無聲走出迷宮的
是地底下的水

雲的下方是雨
射向樹林的雨
建築濕了
和一切野地裡屹立著的
樹啊草啊　歪歪倒倒
現在水往下滴
連同每一個過去

也都還活著

陷入床被中
身體回暖　變軟
思想通達一切
血液流過身體如同樹上葉子
隨著風　刷刷地響
這會是新的一天
將到來新的一夜
躺進盆地般的床榻
抬眼望見黑乎乎的山
我感覺手腳在繼續長大
我是記得的

每一個夏天與冬天住過的地方
和所有傢俱擺放的方向
想起了一些很多年前做過的夢
記起那些深深淺淺的睡眠
繼而記得睡過的床

格子床單
枕邊繡著清秀的
紅花綠葉

這裡是桌子　這裡是櫃子
廚房在那裡　過道在那裡
吃飯時間到了
一縷輕煙升在我屋子的上空
看著我

蟋蟀

xi shuai

打開北邊兒寄來的木箱
一隻山東蟋蟀在角落裡
隨著我的石刻古物到了湖北
彈彈腿
跳入草叢不見了
從此夜夜在我家後院
唱響它思鄉的歌曲
而我的南方故居那樓早拆啦
那灰濛濛的木頭樓梯
咣咣響的木頭地板
爛木頭窗戶和鬆軟的石灰牆壁
那窗臺上的破磚上放的一盆蕙
那隔壁人家的馬蘭花

那形同虛設的明鎖和暗鎖
那一卷卷藤蔓樣的電線
和灰霧般的蜘蛛網
都早被拆了
我想
至少灰塵是不滅的
但是舊的灰也被風吹走了
現在全是新鮮的灰
就算是我想起了什麼忘記了什麼
也無人再可以相問

那一年的夏天
我呆在破屋裡喝著加冰塊的旭日升

牆角鑽出重慶蟋蟀
又一個十五年
我認識的人們都老了
世界卻是 如常新的
蟋蟀不老
樹木穩定
腳下的草已是枯榮數代

93

發燙的夜色

fa tang de ye se

時光是上漲的水
灰上還是彌漫著灰

清水浮灰
露出半張臉
再往上會呼吸困難

不定哪天就是死期
連咬牙切齒的時間都沒有

這不是危險的青春之門
不是記憶進退之時
水落石會出

伴隨泥沼
霧裡不知夜深遠
無聲的漲潮激昂
你見到過發燙的夜麼
也許被燙傷的只有天際那一抹微光

人說夜涼如水
我說夜風使有些人變成放火的強盜
而有些人變成潔白的少女

今夏什麼都沒幹

jin jia she ma dou mei gan

屋子起了裂縫
長長的
再多
就是一張蜘蛛網了
脫皮的刺青的
如何控制住語速

今夏沒幹別的
什麼都沒幹
從屋子這頭爬到那頭
等天黑
種花灑水看螞蟻
要不要那麼好強

白白流走
沒有道理好講
你帶著你滿頭白髮走吧
針刺痛隨你到天邊

隨葬

sui zang

一塊千百年的石頭
一堆億萬年的土
一個兩三百歲的木頭雕像
總是有人曾經拜過它
我怎麼感覺自己
成為了一歲一枯榮的草本植物
在這雲朵層層包裹的星球裡
一閃而過
舊物隨過客
提前入土為安
這就是我身邊的事物
有的比我老

有的比我小
父母從前常說：
「這件東西買來時
還沒有你呢」
彷佛它就是我靜默的兄長
我們已被泥土層層包裹
我們是一家人
我們就應當懷抱隨葬物
埋在一起
如同童年恍惚睡夢裡的一堂歷史課
如同從來我們沒有到來也沒有離開

故鄉

gu xiang

無論何地都會平地起高樓
我的十九歲在它們下面

自己是怎麼回事
全然記不起了
低頭若見清清溪流
遊絲般的青苔
便是水妖的溫柔長髮
若是見到樸素的小花
便知道過得幾月就會結果
果實輕悄掉落———離得土地那麼的近
若是見到飛鳥
忍不住想去分辨

是不是從前那一隻
那也是一種鄉愁

河流不改道
觀遠山青煙起
有人平壩席地坐
而樹冠如蓋
說話皆不明
天卻又暗下來
你見那漸紅雲霞的天邊
又是誰在生起一堆火來

一個有古意的名字

江津

新城死死壓著舊城
黑暗裡的火車站台
那些等候駛入未知的晃動黑影
對於那些記不得的事物
如同將手放置在門上
也許一推
世界便洞開了

2015

睡眠不破

shui mian bu po

睡眠不破
一條破風
應是綿延了數千里

睡眠中
皮膚著了火
不是因為簡單的困倦
不是因為回想的激情
夜與晝同等
估據一個人的一生
不過是一個球的明暗面
由於光
所以分割睡夢
你可以行走在夢裡面

一個天生的孤魂在遊渡一條河

一生

yi sheng

等米飯吃夠了
我也就老了
我的牙不像粘在口角的米粒一樣多
也不像它們一樣潔白
它們先後掉落下來
我用腳背接受
我用腳底踩入泥中
我寧願我的牙齒鑲嵌在
密集的食草恐龍口中
慢慢一齊消磨殆盡
而不要孤獨地掉落

你看
飽滿的枕頭

那種曲線是一匹溫柔的馬背
在幽幽昏睡的燈光下
打算遊歷四方
我和我的爸爸
吃著熱飯
並且交談
馬匹馱著我們向前
頭髮
是在下的雨
床是皺紋起伏的江河湖海
被子是我南方的丘陵
我的身體是翻山越嶺的風箏
我的身體是一大塊陸地

海水經年沖刷
一點點帶走我身體
然後記憶自己走出來
像一隻出洞的老松鼠那麼自然地張望

111

蛇山

she shan

蛇山上亂枝縱橫
沒有幾個人
總是灰的
山下荒唐的熱鬧
這古老的蛇脊背
在未察覺地緩慢移動
滑入了江
城牆沒有了
只有土
一個經過蛇山的人
無所事事
鬼鬼祟祟
像背著包袱的古人

往事如撞進頭髮裡的蛛網
一千年了　兩千年了
動物會哭
植物會顫抖
親密的人化成灰燼
那些生前身後事啊
唯有泥土不動

遁世者

dun shi zhe

事情總是在
走向最初的反面
直接的感受就像一個男人背過身去
在黃昏用肩膀做成雕像
背過身去
像樹上那只灰鴿子
越是沉迷
越是記憶不清晰
像是下雨
清新的濕了
世界顯現出它另外一面
你若有所思的靜止
背過身去

在等待槍手的瞄準
枝頭身著禮服的男爵
羽毛散開
鮮血如花
在這一切發生之前
仍舊略帶優雅
緊繃著前胸與後背
仿佛一個
與自我肉體無關的遁世者
在枝頭低首
並且等侯掉落

睡袋

shui dai

不是失憶
唯獨我健忘
事情蜕皮了
皮膚零散剝落
那蛹裡有什麼
還不是一件屍衣
火就會被小孩子喚起
不論是唯見長江天際流的白晝
還是天似穹廬籠蓋四野的黑夜
睡去
你啃食睡眠的球莖
黑暗中的曼珠沙華
腳下的是看不清的河流

腳趾間陷滿了細沙
天底下的事物
是不是都會去往地府
天與地顛倒過來了
此刻我在寬大睡袋裡
在醒過來時
坐在一條清水溪流邊
好好洗下
自己的內部心肝腸腸肚肚

蟬蛻與灰燼

chan shui yu hui jin

你看灰燼與灰燼之間
從來不是緊密的
從來不是一生
都粘連在一起
灰燼躺下
等待風把它
拆散成為塵埃
成為土
疏離而安祥
哪怕在此之前
我們在虛無地
無邊地激昂著

死去
千山萬水回家
伴隨流水
伴隨枯草枯葉
石像生在
石虎石馬都在
你看
一生如快速翻動的書頁
一年如一條道路
從田野延伸到天邊
想起某人就得到安寧

你看這

腳下一枚蟬蛻
秋天的風吹它到了水泥路上
空空地滾動
它想去的地方
追隨它夏天的主人
風就是
仍駐足在殼內的自由靈魂
一件兒時的襁褓
一件來自黑夜地下的外衣
順風的歡快曠野
逆流的嘶聲尖叫
不死吧永遠不要死
和那些灰燼一起

有風來了
就會有透明的翅翼
灰燼們和聲音一同吹散

清水

qing shui

空山霧起雨經過
松林溪流竹低頭
清水於竹節間
正好蒸稻米
水中之鹽不多
輕嘗則可
輕過無端的眼淚盈盈
平原與山谷
雨從丘陵來了
想看到一顆菜長在土裡覺得親切
想看到樹在秋天結果子
想看到水不是從水管子流出來
花不是只開在人多的地方

皇陵公園

huang ling gong yuan

皇陵的後面是一個公園
名字叫做皇陵公園
沒有什麼人空蕩蕩
要有也是閑閑散散的影子
比如老頭
比如二流子
比如蕭條的冬天
仍然在溜鳥兒的人
那些封土堆從下到上長著些帶刺兒的枝條
爬上去可以望過矮牆
看見那些現世的俗人街市
然後回過頭
也可以看見埋在土裡

只有半個身軀的石頭獅子
獅子嘴巴張開
穿透過一種遠方
靜止 肅穆
還有一種對於眼下的無視
風起了
些許土和塑膠袋子上了天
和風箏一起
從上空望下去的皇陵公園
熱鬧冷靜
明朝人走過的小徑
民國人爬上的石階
還有現在隔牆而傳音的展銷會

那些荊棘上掛著的垃圾
是古人游魂的挽留

129

屋外

wu wai

五天沒有說話了
每個下午
窗外楊樹葉子
像大魚身體的鱗片
嘩啦啦的響著
它們在討論秋天
討論應該在何時掉落下去
它們在可以選擇之前
好奇地望向我
望向這個不慌不忙
緘默的人
一個月前一株楊樹被砍掉了去
現在還剩下一株

高大的樹上
肥胖喜鵲跳躍
秋天的日光一下子奔湧進屋內

聽陌生人講述故事

ting mo sheng ren jiang shu gu shi

聽陌生人講述故事如同在月的夜晚下走在鐵路軌道上
光滑如冰的表面總是有一絲微弱的聲音在飛馳
倦怠了柔軟的床鋪是一種自我殼內的時間緩釋膠囊
饑渴了偶遇的食物慢慢嚼咽是對充實自我的莫名尊重
長久以來欠缺的撫摸是影子在走那些去過的地方
溫柔是超越粗暴現實的觀看
對於食品的親吻一定不是一種食欲
深夜食堂空空從一樓上了八樓
突然間想起你手伸出去觸摸具體的空氣的虛空
鐵軌筆直向前方　無數的面孔幻化為同一個模樣
腳下是具體沉重的一寸一寸的勞動
那麼多的碎石　枕木和優質的鋼
你好　陌生人

134

淡水鯨

dan shui jing

黑暗中接受的一個吻
清溪裡消失掉了隱身的蝦
水草原來可以長得那麼的長啊
順流著水滴注滿我睡眠的洞穴

深流著的不會澎湃
等待慢慢走向出口
吻向額頭和閉著的眼
吻著手指和沉默的唇

這是我們共遊的水域
如今只見細細白線留在身後
去追逐泡沫並且大口呼吸

頭顱內有一顆藍色的星球
你就是自由而又宿命的鯨
任性地抖動著那煞白的鰭

無人可見 不要回頭 不再回來
潛入沒有風沒有浪
沒有陽光照耀的淡水深處
然後在昏睡中離別

在夏天

zai jia tian

夏天　內部像煤渣
你看
時間著實飛快
誰又不是慢慢從裡面爛掉
一個蘋果
一塊肉

在夏天
躺在床上
雙臂成為身體的鐵軌
緩慢滑動
去那些已經去過的地方
認識一下那些已經認識的人

就像我以為你會回來
就像那些計算著的等待日子

這是一種饑餓
讓人回到童年
漸漸縮小
四處浮灰的故居
空虛就是對自己的全面清算

思念

si nian

摸到你拾的珊瑚
那些沙
掉在腳下 想起你
浪潮聲聲在遠方貝殼閉上

閉上眼睛就可以思念了
你在伸出
琴弦樣的指頭
放在我的嘴邊
也許我應該品嘗這鹹苦的味道

如果你想我了
就把腳趾插進沙裡

如果你忘記了我
風會吹走這些
細小而完整的世界

玻璃
bo li

藍色玻璃是水
層層而疊的水
一聲不響　漫至眼前

薄霧起了
從玻璃的側面望去
水透明而深邃
夜雲之上　黑色大鳥滑翔
夜雲之下　黑色波浪推動
浪在聳肩
跑去遠處

有人心安地看風景

有人懷抱怨恨離去
不多的光
正在穿越玻璃
時間是一分鐘　一天
或者是一年

時間是一堵牆
你我這樣可以度過
如同那樣也可以度過

夢
meng

〈一〉

夢見自己看風景
蹲窗臺上
滿腿的蚊子
看見那河沒有河岸
看那樓群蔓延到天邊
河水就在腳下
荷葉巨大 隨風俯仰
紅色的魚舉著旗
身旁的窗簾骯髒依然隨風鼓蕩
有鳥飛在天空
有鳥死了掉落在地上

田野裡 馬路上
鳥像土塊一動不動 被雨淋
被風吹動羽毛
當我還是個孩子
曾經以為天空中的飛鳥是不死的
現在在我的夢中我跳下這個窗臺
地板上滿是厚厚的灰燼
和著雨水
髒得就像三十年前的街頭一樣
那些擦肩而過的人和面容呀
我讀出你就要到來的未來

〈二〉

有沒有
窸窸窣窣地穿越
佈滿窸窸窣窣昆蟲的隧道
如同揮舞一根
兩頭發光的軟管
蟲子和黑色的空氣
在中間

有沒有不經意看見
正在腐爛的腐敗份子
只是因為看見

而屏住呼吸的夏天
讓內部迴圈的氣息
變成一個罐頭

在鐵皮裡面
灰白呼吸連接著灰白呼吸
空氣劃開啦
像劃開的水
動作讓它們有了界限
由此刻始
並因我而終

〈三〉

路過內湖　有巨大的蝦和隱藏的蟹
月色下
聲音熱鬧
兩個陌生人在陡岸盤算
而我只看見影子
相隔著
就算一種空氣傳遞的親密
此時不可逆
成為夢一
夢二是車丟了
而自己赤裸

水

shui

〈一〉

他喝足了冷水　躺了下來
此刻水在身體裡與他平行了
他需要水的滲透
如同滲透過本是潮潤的泥土
或是輕柔千層的宣紙
這樣平行的關係
讓他聯想到不遠處的河岸
那日夜浸漫的水浪拍打
這讓自己感到
在自己內部也流淌了一條江河

153

〈二〉

他

儘量悄無聲息地緩慢入水
揮舞雙臂向湖中心遊動
甚至水波的皺紋都尚未展開
他就是一塊沒入湖水的冰
四下裡安靜的景色　配合了他的呼吸
西下的夕陽
還有偶爾掠過的水鳥
無論前進還是倒退
他都得像平靜地講述著一個故事
抵達了一個湖岸

那怕單調的語句如同
此刻手臂單調的劃動

中秋

zhong qiu

習慣了必然失敗的勞動
月光從高高的天空傾泄下來
鍍銀的夜行者
他說
一切已經習慣
月光鋪在山丘上
鋪在洞穴邊兒上
伸出手
邁開腳步
四肢也染上溫柔的螢光

一千年過去了
中秋還在

月光如同薄薄的
水藍色輕染
落幕的四野
樹木和刺
還有潔白卵石
我們靜止並且相望
面面相視
這是一種習慣
習慣一些必然要失敗的動作

九月，一封未發出的信

jiu yue, yi feng wei fa chu de shen

或是九月過後
氣候將熱轉涼
看天空流火下墜
在夜晚出發
帶上一柄槍
子彈總會比我走得更遠
時日無多了　我卻也不慌

眼下九月將過
將情寄託於物
難以把握那冷熱之適度
人情同樣　反復無常如水流
俯身察看細微處

如同關照自我的身影
在這不斷生產著龐然大物的時代
連我寫給你的這一封信
也難以投遞

如果從前是漫長夢境
而現在甦醒
是誰在靠近我
如果從前是現實一種
則是我在中年開始步入睡夢深河
忘記挽起褲腳
況且此地　湖泊眾多
夜的幽深處

水面是平靜的皮膚
水波是持續的言語
在這喪失過往的夏日
九月　子彈射入土地
我手掌堅硬
在推記憶之門

161

白浪

bai lang

水浪像魚鱗
白浪白浪
水草長出頭髮
抓不住馬韁
這裡許多水啊
白浪
你應該換一種方式奔跑

畢竟不曾是一條魚
沒有它們的眼睛和表情
追著起伏的白浪

飛躍過去

粉碎瀑布

到達一個作為結果的未來

那些

咕嚕咕嚕上升的

是正在前行的泡泡

是每個戲浪少年的青春時期

繪畫的一種

hui hua de yi zhong

一幢兩三層樓的房子
滑動鐵軌
向我
緩慢撞過來

一個紅紅綠綠小人兒
穿行濃濃白色霧裡
小孩兒說　你
胖　總是不那麼好的

你望向藍天
夏日的人情風物
暖暖熱風輕吹

那白雲朵朵如戲臺
神仙在上面
一切宛若江南舊時

拖延至夜半
這裡一道彩虹劃傷內心
然後他們拔掉
初夏的薄荷草
在月光下使勁兒
把一束草的形態捽進白紙裡
影子枝枝蔓蔓
這樣子
也算是在繪畫了

166

兒童節

er tong jie

夏日已到　兒童復活
認真玩兒水
戳穿自己糞便
行走邊緣　角角落落
眼睛盯視這碩大世界
有大水花
有夾竹桃排隊於兩旁
而花朵有毒

一些危險不遠
如同鳥翼閃動不遠
影子劃過　一個神秘故事趕路
日子只是經過而已

百花開到盡頭
卻是越發蔥郁
沉迷的暖風送兒童入夜
感受眼淚
線條涼爽
兒童節
可以臉龐跐進蛛網
可以眼角餘光
看到蛛網在黑夜閃亮

湖與湖面上的光

hu yu hu mian shang de guang

于無人之處
那湖與湖面上的光
似長風吹掠平原
水浪起伏如草
而流水空空
兩岸花朵燃燒
連同蝴蝶蜜蜂
化為暮年的流螢之火
有人老之將至了　事情總是
順水滑落
每每此刻
連接我們的空氣
也都是潮的

還是無知無覺的空氣幸福啊
有風從遠方來了
頭顱無所依靠
光芒悠長漸無
有人觸碰手指一聲不響
有人獨坐孤舟
把歎息的藥丸
一粒一粒投入水中

製陶者

zhi tao zhe

泥土遇火
草灰蛇行
黑色是燃燒到盡頭的髮絲
就在此地
挖掘洞穴
此刻心安即為家
田野雨水浸泡
大地熟透了
而土已堅固成型

無論器物種種　終是碎片零零散散
火與青煙
輕的一切在上升

輕過高天上的風箏
灰燼便是死去的文字一堆
從中扒拉出土行孫的骨頭
潛行的水銀　地下縱橫
時間到了
世間總是會有人來人往
萬物皆生長
留下來的人在低聲說話
留下來的人
平靜注視火苗
臉龐被一點點照得透亮

我開始變成一個迷信的人
wo kai shi bian cheng yi ge mi shen de ren

燃燒紙張
燃燒起火　這個下午
紙的邊緣捲曲
文字如同失敗的士兵
房間不大而且有窗
看大蒼蠅亂飛
嗡嗡叫
透明的翅膀
帶火焰滑翔
燒點東西　灼傷手指
在一種空乏之中
命運這種事情
總在一寸一寸燃盡

至此
我開始變成一個迷信的人

給我乾糧
給你食物
點起火
在一種空乏的燃燒盡頭
餘燼微光裡
神會出現
關照自我及周圍一切存在
吱吱叫著
火星翻滾裡的種種不甘
讓每個故事發生

讓每個人命運發生

那些已經走過去的人們
曾經路過的
壯麗秀美風景
一個迷信的人在看電影
一場接一場
這裡是個流水影院

點起火
煙是早就升騰起來了
讓人看不清楚東西
然後面目開始不清

門窗都開了
去睡了吧
那白日裡突然襲來的困倦
和深陷黑夜
井一般的睡眠
趁現在還有力氣去擴張呼吸
風在經過夏天
少年躺在床上
想時間還剩下很多
想一生真的很長

而我
在燒掉東西之後

開始變成一個迷信的人
睡像是變得有一點點的病
睡眠
也不是件太壞的事情
就像鏡子望向另一面鏡子
一個迷信的人在睡眠裡去涉水尋源

179

路過山西

lu guo shan xi

每日太過平常
不知身處南北何方
不如去千里之外
深山桃花已盛開
流雲在山腰
流水至山腳
白塔立於星夜
近至跟前像胖子
何不北方再向北
一樣鬱鬱蔥蔥
春來不可擋
而南方以南
一個病人耐心靜候康復

181

今天
jin tian

窗外陽光跳動
在琴鍵般的樓梯上
兒童躍躍欲試
發出聲音　來源不明
窗外繁花勝景
一年只此一次的節日
就在今天
這花花世界
蟲子也有錦繡鋪就的前程
兒童們
各自也成了人　成了家

你看

事情就是這樣
不過一首曲子的時間
閑雲深處的祖先
血脈傳送至今日
家譜還在
一格一格未沖洗的底片
蜜一般粘稠
的隱隱疼痛

午夜天高處
有燈籠急忙趕路歸家
也像是一場人生
沒有計劃就匆匆開始的遠行

衛生紙

wei sheng zhi

細白柔長的衛生紙
垂下或者拉直
如同行進中的詩歌
字元星布其上
有些洇濕
然後嗚咽著斷開
無聲落地
宛若春的花瓣秋的枯葉
終是在衰敗
終究去向一個終點

流水它不腐
兒童呆望自己糞便

仿佛平等的物與另一個物
也算是因果在迴圈
柔軟地纏於指間
也總好過
始終堅硬　太沒人性
不如苟且
比如可以隨心哼唱歌曲
或是晨起伺弄花草
無知無覺
於是我們重新出發
一切
潔白如往昔
純淨如月夜

八零年 1980

ba ling nian

陽光和塵埃
我的幼稚園
花花草草因逼近而碩大
我說
你胖

石子兒磕到腳趾
睡於帳中
睡在廣播喇叭下
還是在睡
夏日炎炎
東風大卡車駛過
搪瓷杯子打翻

熱水灑在地板上
也還是有灰
收音機發音了
明亮漫長的白天
八零年前後近在眼前

大家都還不老
大家什麼都不太知道
等待工資
等待食堂飯菜
饅頭們熱氣騰騰
片刻喧鬧
憂心的人也不少

我尚未在其中
十一個月份漸次出發
剩下的那一個月送行
一年也就這麼樣過去

夜裡
大煙囪向上滾滾冒黑煙
紛紛揚揚撒灰霧
塵土佈滿車站
在這裡
總是有人要離開 有人要留下來
趁夜路匆匆
向各自歸家的月臺

箭

jian

越往後走　越不能回頭望
那陳舊的山山水水
離弦之箭
途中好風光
也只此一次
穿過春的嫩綠
夏日蟬翼
秋來天高雲漸淡
冬的無人村莊
穿越像鳥一樣
圓圓的眼睛
羽翼渦旋風中
地底下溫暖的隱居者

穴中自有完整的家庭故事
從地府到天國
子民守護故土
所以螞蟻燕子是一家
南來北往是雨水的河
箭已離弦　蜻蜓枯萎
劃盡弧線落地

故居

gu ji

作為一種睡眠
其實遲遲未醒
拖延到今天
回到故居
哪怕是租住於此
也許三五百便饒得一月

唯願床仍是那床
仍然是青苔在階上
四處走走
操場沒變
只是老了
回到小學校

風吹過堂
風吹過並無一人
書頁在翻
兀自翻至末頁

再回到街頭
等那瘋人尋孩子
立於夜晚
累便歇息去吧
梧桐樹下
頭頂上碩大紫色的粉花
清涼夏夜
溪流裡

許多透明的蝦
淺淺的在啄著時間玻璃
故鄉倒懸在了屋頂之上

2015

夜雨

ye yu

清晰的夜
雨使夜透明
四下裡晶瑩有光
而河床加寬
黑暗裡水平滑流動

前進或者後退
方向取決於人

岸上有人
雨的水帶來記憶
一些事情又在重新開始
將要遠行的人

就讓思念發生

撞擊胸膛

要記得帶傘

過江過湖　總是難免

今夜透亮

工廠工人在做工

街頭流浪漢繼續流浪

親密的是夜雨

親密的人們在回故鄉

無主題的六章

wu zhu ti de liu zhang

〈一〉

新鮮的東西
爛地裡
陳腐的東西
爛地裡
和將死的人
和未來得及收割的莊稼
人們忙碌後的希望　燒乾淨它
傾倒掉最初的牛奶
果實落下
爛地裡
大地長出孤兒

我們需要具體的糧食
抽象不會頂飽

雖然
抽象時時貌似真理
日子總是需要人們耐心
一樣樣去過

像吃飯菜
慢也是吃下去
快也是吃下去
每一天都如約到來
天氣總是會比人群靠譜

〈二〉

你像黑夜懷抱了我
黑夜也懷抱著你
全部籠罩　暗黑的海
無聲且自遠方推浪而來

無人知曉　無人再重要
身體在黑夜裡塌陷
這樣的懷抱是一種宗教
問題在我是否真正相信呢

行走這樣有限又漫長的道路

看浪從遠方推來
水已經足夠多了
黑色的邊緣
一圈圈細長的白線
在懷抱裡的行走　儀式的一種
所有的情緒消散掉
睡眠的軟床
是船在沒有方向的海平面上
聲音穿越而來
剎時間情緒退潮
一退千里
露出慘白沙灘　盡皆殘骸

漫長字元從天空吊掛下來
沒有了長長來時路
亦無兜轉後再相逢
退無可退　心鼓漸息
終究是你陪伴了我　我陪伴了你

水手離開了船　唱起了歌
在這自我慰藉的時刻
一個死硬分子
這異鄉的日與夜
趁著月光尚好
等著看
終有一天

〈三〉

我帶著行李和我的呼吸
慢慢走路
對於一條長的路途
每一步只需要一點小小的呼吸
作為一種語言
鋪滿了由遠及近的路面
也許是來看你
別來應無恙
桃紅柳綠處　且山澗水自流
我會來看你
此刻應有一場好睡眠

讓我看見你
安好如初
一點點的呼吸
一點點就夠了
作為反復鋪路的詞語
這些碎石子兒般的言語
送給不再相信的你聽
送給不再願意聽的你聽

〈四〉

暗夜的打石工
打堅硬的石頭
叮叮鐺鐺
或者是打出一尊雕像
或者只是
把石頭打得小一點
再小一點
直至成為灰成為土
合攏手掌
然後它會
像一顆健康的心臟

打出一地碎屑
打得滿天塵煙
打得提心吊膽
還是打不過石頭
不是勞動人民的這雙手啊
衰頹又顫抖
已經拿不住東西
在自我的純真博物館裡
我以為
隨時隨地可以是新的開始
無時無刻仍然在舊的世界

〈五〉

無數次的人去樓空
到慢慢重新填滿一個空間
在看得見的範圍裡
我的表現如同一隻昆蟲
外面的熱鬧
和昆蟲沒有關係
所以穿過大街
去看那如蟻的人群
我感覺自己
重新回到我的人間
今晨如常

日子仍然還是自己的
茫茫水一般的多
漫長延伸至黑夜
等待一場
昏沉睡眠的襲擊

〈六〉

純白之夜
此刻天心無明月
水面薄霧升騰
遠遠些許燈光
一座橫亙的短橋
不知遠近
唯見水如平原
而鳥翼無聲飛掠
下一個動作
便是在望向你的途中　而後接著
再下一個動作

純真之夜

純真的背後不再顫抖
不再不能自控
只是自然垂下滑落
只是指尖所及
恰如這夜色之冷暖剛好
恰如這夜色溫柔
複雜　重複　輕聲歎息
歎息你是你
而我是我
或是歎息給自己
向無邊薄薄的夜
燈光將熄　時間易逝

歎息或者呼吸
唯一的聲音
底顫傳遞
至水的另外一邊去
低垂之夜　夜在樹林的髮梢低垂
匆匆走過
不止一人
我願意去相信這一切
像盲人一樣
行走黑夜來到這個無知覺時代
摸索翻越過山
便與從前相連
一個人的旅途

仍是我和另一個我
過去的已經過去　未來還未到來
無法望穿的湖水
如天然的謎
而人需要相信什麼
如同魚相信水
鳥相信天空的無限
空氣裡含蘊如此多的水分
想必此刻
湖面茫茫而霧氣升騰

有話，就對着樹說

you hua, jiu dui zhao shu shui

夏日已盡，天氣轉涼
於某處郊外
那裡有牛，也有草垛
有低矮的村莊
和一處方形池塘
有一條小路
穿過這裡而到那裡
這一切沒有什麼令人著迷的
不遠處是高鐵
子彈頭火車飛馳讓人心慌
太快了　這生活
一切過於遙遠
我希望我的生活

大多時候可以陽光明媚
穿透晦暗灰蒙的雲層
自己可以到達
一個嶄新的內心
這無解的生活我已經習慣
喜歡上了
言語像一個鐵皮罐頭
當你告訴我不如
有話　就對著樹說
樹的姿態靜止
雖然僅是隻言片語
卻已經慰藉我心

感到無奈及對無奈的認同
認同自己的過去
認同時間會走並走下去
人並不能改變什麼
如一聲低歎，白紙飄過
就這麼過去了

誰又不是這樣呢
關於各自的生活
那一刻我的心平靜而又憂愁
如暮夜將臨的鄉村一樣
沒入黑夜
然後我離去

推開
走向去另外的門
每個人都是一顆孤獨的行星
隨光線而行
它來自未知命運
在牆角呆呆的你
只是塊頑石
假裝一粒灰白蘑菇

是的　　生長
讓一天等於一百天
一年等於一千年
什麼都沒有被改變

走向各自時間的終點
就如同
雖然我們親密
但我不能有你的立場
一個人與另一個人的事情就是這樣
不曾設想過未來
會往返於
這種種的分離與相逢

灰
hui

你知道不知道
我在這煩亂的世界裡
又活了這許多年
呆在這兒
和周圍的灰塵一樣
時間這麼快就過去了
你此刻正在安眠
在黑夜的海洋中央漂流
睡去的人都一樣　被人類的神
流放在了空曠的平面上

我真不願意這樣對你印象模糊
忘記了多少事情

記得筆尖輕悄一劃
許多節日都悄然過去了
紅旗下敬禮的小孩
冬天光禿的梧桐
五十年代和六十年代
那些雄偉的廠房

有一年
長江發了大水
你記得嗎
螃蟹們上了街
我們挽著褲角趟過渾濁的水面
影子順流而去

然後還是那一年
那些日子的末尾
我望向平如鏡面的湖水
從這頭到那頭
在此與你告別
在不久前我路過
那些灰濛濛的廠房
和同樣灰濛濛的梧桐
雨水沖刷流出灰顏色的眼淚
想起來日子
竟然過得這麼快
我已經是一個標準的胖子
又活了這許多年

如果不是想起了你
我想我大概
已經忘記
我那瘦弱的八十年代

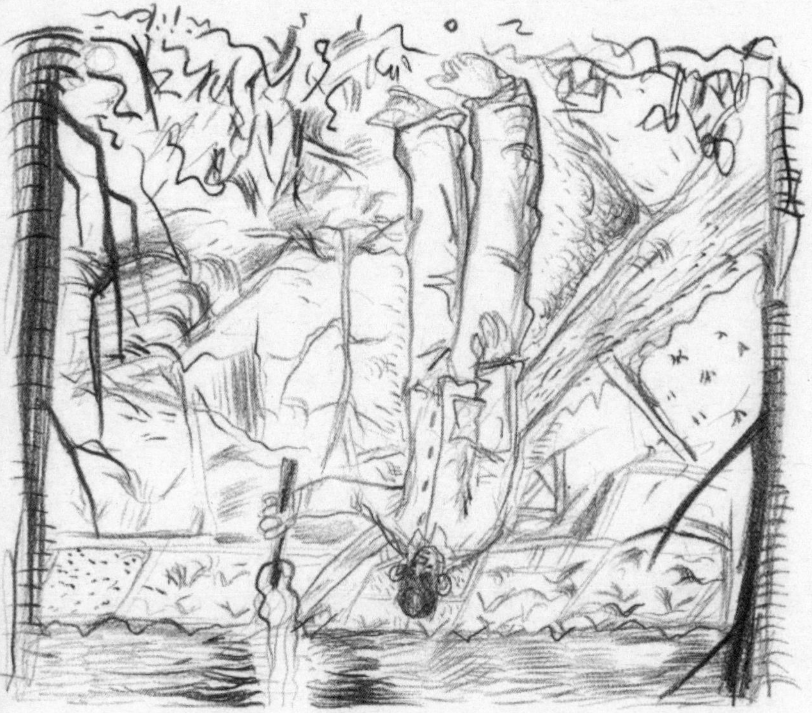

冬夜路過發電廠

dong ye lu guo fa dian chang

一個人經過另一個人的窗前
一個人向另一個人說晚安
一個人趴在池子邊上看假山
一個人看著倒影　水只有薄薄一片
一個人在路燈下面散步
一個人趕著去上班
路燈在經過他時
叭
的一聲黑了
一個人驚慌地念咒
一個人握著另一個人的手
一個人摟著另一個人的腰
一個人向他的世界說我愛你

一個人倒在地上說樹枝是夜空裡的根
人們從不用力
從不喜歡勉強自己
人們的腳痛了
人們身上濕了
人們都走到一起來
彼此喜歡這個世界
每個晴朗的夜
人們
死去的人們和活著的人們睡在了一起
靈魂靜默地升上天空
有如春天飛絮
有如冬日雪花

一年

yi nian

我的手指甲長了多少寸
我的腳指甲剪了多少回
我的頭髮如果一直不剪
該可以披到肩上了
我吃了喝了
我也排泄了
我醒了又睡去
中間還幹了一些莫名其妙的事
重複著許多單調的動作
真像一隻上了發條的兔子
我記不清
在此之前的日子是怎樣的
也不知道

在此之後的日子是怎樣的

只曉得當一聲鐘響
大家都在點頭
說新年好

飛蟲

fei chong

誰叫你來的
你這暗夜的飛蟲
吱吱叫著
敲打撞擊著我的窗櫺
或許你是不遠萬里而來
或許只是路過的一瞥
你飛向這黑夜中心
這深沉夜裡唯一的光亮所在
在這無人理睬的暗夜
你在空中認真的劃出一道道
優美精緻的弧線
搖擺著身體
如同一個布魯斯樂手

回到他的傷心旅店
而此刻
我的藍調歌王
你停留在空中的一瞬
呆呆的在想什麼呢
你這孤獨的飛蟲
知道嗎
夏天就要過去了

這是屬於自己的食物
自己的身體
反復咀嚼　無從選擇
吐出來的
也仍是過去塑造的自我
一切累積至今
望向空氣　那潔淨牆壁
掛著屬於自己的弓和絃
難免想到再活一次
再經歷一次
再給一次機會吧
抬起眼睛
再度望向靶心

學習控制呼吸

戛然而止

行進中的時光
但那並不是滿弓的弦
為何斷裂
劃過密密麻麻的字句
拉我回你的懷抱
一個舊日子的身影
深夜潛回故鄉

南風

nan feng

南風送暖入懷
暖暖五月　又遇南風
鼻子潮濕
融融花枝頭
低潛入夜半　碎花旋轉
只要歡笑　只有歡笑
這裡夜色溫柔
此地南方有水
我說　哥哥
你植物般成長
太快了
但還有很多的時間
這樣的一生多麼長

春風幾度
除了飯菜　還有餅乾
還有盈盈笑意
南風在輕吹
此地總是有別離　向遙遠處去
或是那些沉靜不語的
愛的水母
輕輕地在上升
輕輕的是淺淺的笑

2015

豆子
dou zi

有的時候　言語很短
像豆子
還會跳舞
四下裡滾動
暗中發芽
偷偷營養不良
或是遇見液體　莫名變胖
膨脹成空虛的詩歌
微小灰度漸變的圓球
豆子也是
有並不一樣的表情
有的生長　有的已經衰亡
豆子是妄想的陣列

好漫長的絮絮叨叨
曲裡拐彎的莽撞詩歌
有的時候
言語很懶
生氣高興拍桌子
豆子句子全部打亂
豆子是千軍萬馬
豆子是想說的話

骷髏

ku lou

通過你　找到我
每次都這樣

頭顱覆蓋青苔
卵石堆裡
經歷安靜　經過微小聲音
那叶叶的敲擊
是誰在質問什麼

為難你啊
讓你靜止於此處
日的出落　勾畫輪廓
鬆動吧牙齒

讓它們掉下來
成為你的種子

你是慘白眼神
還是內心的一塊鐵
你是此刻那一顆
精緻的圓球
空空洞洞　正好回音
回答風聲
經歷多少誤打誤撞
這樣一個完整的人生

老身體

lao juan ti

這個身體
用了好多年了
懷念下小小的自己
在老世界
層層疊疊　軀殼到如今厚度
你仍住在裡面嗎
無知無覺
發展到蠢蠢笨笨
如何向內發出聲音
嗨
有冇迴響
哪個角落你在遊和蕩
如果說方便

我看得見的是手手和腳腳
連時間都老了
所以繼續老吧繼續老

內心

nei xin

我不能依靠這個
不能只依靠你 從內部發生 解決掉
而不是糾著你纏著我
一團濃得化不開的煙
從來沒有語言
這是奇怪又自然的經歷
內部的中央
暗黑之心
升騰起火焰和青煙
一切尚未過去 便好像已經過去
如飛掠而過的鳥
那冬日乾枯的樹枝
指向天空

而天空陰沉 大地安靜
不能重複的時間
記憶閃現的虛無
從夏末到深冬
從想像到現實
我不能去想像這是個假像
如同不能去想像你
從外部看過去
解決掉
解決掉時間與空間
解決掉無知覺的自我

白日夢的樂園

bai ri meng de le yuan

這夏天
最寧靜的一個下午
陽光和微風
都應該有
我懶懶的走在樹蔭下面
抬頭是碎片般陽光
低頭是斑駁的影子
在這裡發生
在這裡
去想像自己睡著以後的樣子
被放在浪花天空
四周充滿了泡沫
漸漸進入

莫名狀態
就這樣這熱天午後的自己
無所事事
無來無由
輾轉反側到了幻想中的樂園
每每因為
轉陰轉晴，冷暖加衣
那些
莫名的興奮與沮喪
白日裡無盡的瑣事
困睏極後的長夢
靈魂便會與肉體
時時分家

這樣的白日做夢
讓人覺得安慰的
真實作主
去漫遊自我世界
樹影隨著微風與日落在拉長
碎片在流動
此刻
最後一個念頭是
也許今年的夏天去得太快了

輕雷

qing lei

天邊在輕微地滾動
是雷聲自空曠
遙遠而來
像樓上有人在碾米
窗戶撕裂著順路過境的風
「雨就要下下來了」
兩個頭髮濕漉漉的孩子耳語
在鏡子面前指鏡子
小手指對著小手指
鏡子裏有一塊地方是明亮的
門縫中有一張正在張望的臉
雷聲仿佛更遠仿佛溫柔緩慢地
就要離開

天陰沉著　越來越暗

有多久沒有洗熱水澡了
玻璃冰冷的掛著水絲
溫熱的水
催生更加輕柔　輕柔的遠雷
門紗吹起　天色暗紅
我已忘記你多年
也許你其實一直住在隔壁
只是隔了一堵薄牆
你是關在鏡子裏面的孩子
看見鏡面
緩慢閃過將至的雷電

聽到它的聲音從這個房間到那個房間
濕著腳　等雨落下
不要開燈　讓黃昏更紅
紅得發暗
積滿雨的雲下孩子在劃線
劃盡可能纖細的線絲
我已忘記你多年

2 0 1 5

李繼開 第四號詩集 吃土豆的人

作者　李繼開
發行人　劉鋆
美術編輯　Rene
責任編輯　王思晴
法律顧問　達文西個資暨高科技法律事務所
出版者　依揚想亮人文事業有限公司
經銷商　聯合發行股份有限公司
新北市新店區寶橋路 235 巷 6 弄 2 樓
電話　02.2917.8022
印刷　美圖印刷設計有限公司
初版一刷　2015 年 10 月／平裝
定價　450 元
ISBN　978-986-88400-8-9

國家圖書館出版品預行編目（CIP）資料

李繼開 第四號詩集 吃土豆的人／李繼開　作
-- 初版. -- 新北市：依揚想亮人文 2015.10
面；　公分
ISBN 978-986-88400-8-9（平裝）

851.487　104020887